Maulwurfsgeschichten

Für Olaf

Regina Jäkel

Maulwurfsgeschichten

Bibliografische Information der
Deutschen Nationalbibliothek:
Die Deutsche Nationalbibliothek verzeichnet
diese Publikation in der Deutschen Nationalbib-
liografie; detaillierte bibliografische Daten sind
im Internet über http://dnb.dnb.de abrufbar.

Herstellung und Verlag:
BoD – Books on Demand, Norderstedt

ISBN 978-3-7460-7679-9

Inhalt

Vorwort

Die folgenden kleinen Geschichten entstanden bereits in den 1990er Jahren und tauchten gut 20 Jahre später eher zufällig (beim Computerdateien-Aufräumen) wieder auf. Da sie völlig zeitlos sind und mir beim erneuten Durchlesen immer noch gefielen, habe ich sie nur leicht überarbeitet in diesem Büchlein zusammengefasst. Mit den kleinen Strichzeichnungen habe ich im Laufe der Jahrzehnte viele alltägliche Mitteilungszettel sowie Frühstückseier versehen. In diesem Buch erscheinen einige Motive meiner „Gebrauchskunst".

Ohne Reinhards Ansporn, seine ästhetische Beratung wie auch technische Hilfe wäre dieses Buch sicherlich gar nicht erst entstanden, daher gebührt ihm an dieser Stelle ein ganz besonders herzlicher Dank!

Charakterähnlichkeiten meiner Figuren mit mir bekannten Personen können nicht ganz ausgeschlossen werden.

Regina Jäkel, im April 2018

Neue Freunde

Am Rande eines Getreidefeldes, gleich neben einem lichten Wäldchen, lebte eine kleine, knubbelige Wühlmaus mit dunklen, glänzenden Augen. Eigentlich hieß sie Wilhelmine, aber sie mochte ihren Namen nicht besonders und wurde immer sehr wütend, wenn sie von ihren unzähligen Verwandten, die zum Glück weiter entfernt wohnten und daher nicht so oft zu Besuch kamen, mit dem ungeliebten Namen angesprochen wurde. Lieber wollte sie von allen nur „Minchen" genannt werden.

Sie wohnte in einem gemütlichen Zwei-Räume-Bau unter der Erde und war ganz zufrieden mit ihrem Leben. Zu essen gab es in Hülle und Fülle direkt vor ihrem Bau, und ihr größtes Vergnügen waren lange Spaziergänge am Waldrand entlang, auf denen es immer etwas Aufregendes zu entdecken gab.

Was ihr nur manchmal fehlte, war ein guter Freund, ein echter Kamerad, auf den man sich verlassen konnte und der sich die Zeit mit ihr zusammen vertrieb.

Sie träumte oft davon, zu zweit spazieren zu gehen. Dann wäre jeder Tag spannend und voller Überraschungen. Welch aufregende Entdeckungsreisen könnten sie und ihr Freund dann unternehmen!

Als es wieder einmal auf den Winter zuging, fühlte sich Minchen an den länger werdenden Abenden doch ziemlich einsam, denn sie hatte nur wenige Nachbarn und Bekannte. Eines Abends war sie wieder in schönster melancholischer Stimmung und machte einen ausgedehnten Spaziergang, um auf bessere Gedanken zu kommen. Schließlich setzte sie sich auf einen Hügel, von dem sie einen herrlichen Blick über das nahegelegene Getreidefeld hatte. Es war natürlich schon längst abgeerntet, und sie selbst hatte auch fleißig dabei mitgeholfen! Viele Getreidekörner wanderten als Wintervorrat in ihren Bau, damit sie nicht hungern musste, wenn der erste Schnee kam.

Minchen seufzte tief in die untergehende Sonne, als sie an den bevorstehenden Winter dachte. Der würde wieder sehr einsam und langweilig werden! Weitere

Seufzer folgten diesem Gedanken, immer lauter und tiefer, so recht aus vollem Mäuseherzen.

Nicht weit von Minchen entfernt machte sich Moritz zu seinem allabendlichen Spaziergang bereit. Er war ein etwas stämmiger Maulwurf, der sich allerdings selbst immer als „stattlich" bezeichnete, denn er war etwas eitel, aß aber nun mal gern. Was bei der vielen körperlichen Arbeit ja auch sein gutes Recht war. Er besaß ein blauschwarzes, samtiges Fell, auf das er sehr stolz war und hatte besonders große Schaufeln, mit denen er gerade heute eine kleine Nebenhöhle fertig gegraben hatte.

Als er nun auf seinen Hauptausgang zusteuerte, hörte er ein unbekanntes und unheimliches Geräusch. Es hörte sich wie ein sehr langgezogenes, fast pfeifendes „Eeeeeh!" an. Da! Da war es schon wieder. Und ganz nah!

Moritz lauschte angestrengt ins Dunkle hinein und versuchte, dem Geräusch entgegenzugehen. Als er dem Ausgang näher kam, musste er bemerken, dass sein wunderbarer und gerade erst frisch fertiggestellter großer Hügel von irgendetwas so erschüttert wurde, dass kleine Erdklumpen in seinen sauber geglätteten Gang fielen. Das war ja eine Unverschämtheit! Er musste der Sache sofort nachgehen und näherte sich dem Ausstiegsloch. Doch jetzt fielen die Erdklumpen auch noch genau auf seinen samtenen Kopf!

Recht ärgerlich steckte er seinen Kopf vorsichtig heraus und stieß fast mit der Nase an ein pelziges Etwas, das auf dem Rand seines Häufchens saß und diese jämmerlichen Töne ausstieß. Das war natürlich Minchen, die so sehr in ihren Weltschmerz versunken war, dass sie Moritz gar nicht bemerkte. Daher erschrak sie fürchterlich, als der Maulwurf sie anpolterte: „He, du! Wieso sitzt du ausgerechnet hier auf meinem mühsam neugeschaufelten Ausgang? Hast du keinen besseren Platz zum Jammern?"

Bei dieser barschen Rede fuhr Minchen heftig zusammen und fiel fast rückwärts den Maulwurfshaufen hinunter. Sie konnte sich gerade noch mit den Vorderpfoten an Moritz festhalten. Dieser kletterte jetzt ganz hervor und zog sie mit seinen starken Vorderschaufeln wieder auf den Rand zurück. Minchen japste ganz verschreckt: „Wer bist denn du und wo kommst du so plötzlich her? Ich hab dich ja gar nicht kommen sehen!?"

„Nun", entgegnete Moritz, mittlerweile etwas freundlicher gestimmt, weil er sah, wie erschrocken die Wühlmaus war, „du sitzt ja sozusagen auf meiner Wohnung. Gaaaaanz neu ist sie, und du hast sie schon halb einstürzen lassen mit deinem Gewicht!"

Minchen guckte den etwas dicklichen Maulwurf nur langsam von oben bis unten an. Er war bestimmt doppelt so schwer wie sie selbst und redete so frech daher. Mittlerweile hatte sie sich aber auch wieder gefangen. „Wie heißt du überhaupt?", fragte sie den Maulwurf. „Moritz", sagte dieser und reichte ihr die Vorderschaufel, „ich heiße Moritz, und du?". „Ich bin Minchen", sagte Wilhelmine. „Ich wohne nicht weit entfernt, aber deinen Hügel habe ich hier noch nie gesehen".

Moritz erklärte ihr daraufhin, dass er auch erst heute seinen Bau fertig angelegt und diesen Hügel aufgeworfen hatte. Schließlich sprach er auch seinen Spaziergang an, von dem ihn ja nur die jammernde Wühlmaus abgehalten hatte. Minchen war außerordentlich begeistert, gleich einen neuen Nachbarn gefunden zu haben, der genauso gern wie sie spazieren ging. „Prima", meinte sie, „dann kannst du mich ja auf deinem Spaziergang gleich zu meinem Bau zurück begleiten". Und so machten sie es.

Moritz war natürlich auch sehr neugierig, den Bau der Wühlmaus von innen sehen zu können und er begutachtete fachmännisch die Erdwände. „Na ja, ganz ordentlich gegraben", befand er. Schließlich wollte er sich die neue Bekanntschaft nicht gleich wieder verscherzen. Aber Meister auf diesem Gebiet war doch immer noch er.

Unterdessen war schon die Nacht hereingebrochen und Moritz plagte so langsam wieder der Hunger. Er wollte zusehen, auf dem Nachhauseweg noch etwas zu essen zu finden. Minchen hörte das

typische Grummeln aus Moritz' Bauch
und verabschiedete sich von dem neuen
Nachbarn, indem sie ihm kess in die
Magengegend piekte. „Mein lieber Moritz, ich glaube, ich werde dich Molli
nennen", kicherte sie.

Hilfe in der Not

Als es wieder einmal Frühling wurde und die Sonne kräftiger schien; als alle Bäume und Blumen wieder zu blühen anfingen, da erwachten auch die Tiere ringsum. Maulwurf Moritz, der die meisten Wintertage ziemlich einsam in seinem Bau verbracht hatte und zur täglichen Zerstreuung nur seine gegrabenen Gänge abgewandert war, freute sich schon lange auf den ersten richtigen Frühlingstag.

Schon von ganz unten sah er das helle, wärmende Sonnenlicht von oben durch den Hügelschacht fallen und einen kleinen Teil des Ganges erhellen. Neugierig stieg er im Inneren seines Hügels hoch. Er streckte seinen Kopf heraus und blinzelte in die Sonne. Seine empfindliche Nase begann zu kribbeln und schließlich konnte er es nicht länger unterdrücken: „Hatschi! – Hatschi! – Hatschi!" Er musste kräftig niesen, fiel in den Gang zurück und machte dabei einen kleinen Salto rückwärts. Etwas bekümmert seufzend rieb er sich den Kopf. Jedes Mal war es dasselbe Spiel mit seiner empfindlichen Nase und der Sonne. Er konnte einfach nichts dagegen tun. Nur gut, dass Minchen gerade nicht hier war, denn sie lachte ihn bei dieser ulkigen Vorstellung regelmäßig aus, und dabei gab Moritz sich ihr gegenüber doch so gerne überlegen und besonnen…

Rings um seinen hügeligen Ausguck war die Luft erfüllt vom Summen und Brummen vieler Insekten, die sonnenbeschienen ihre Lebensfreude zeigten. In gewagten Sturzflügen umschwirrten sie die Blumen und Gräser, spielten miteinander und waren kaum zu bremsen.

Moritz zog sich langsam zurück ins Innere. Zufrieden wackelte er auf seinem Rundgang durch sein Revier und beschloss, in der Abenddämmerung seinen geliebten Spaziergang wieder außerhalb des Baus zu machen.

Nach der Helligkeit draußen kamen ihm seine Erdgänge nun besonders angenehm dunkel vor. Noch leicht benommen schnupperte er sich voran. Plötzlich hörte er ein kratzendes Geräusch vor sich. Schnüffelnd ging er weiter, bis seine große Nase unsanft an ein Ding stieß, das den ganzen Gang versperrte. „Au, auweh!!", schrie er, als er die aufgerichteten Stacheln eines verschreckten Igels zu spüren bekam.

Mit einem Satz sprang er zurück, sich nun vorsichtiger weitertastend. „Tu mir nichts!", bat er den Eindringling, „ich tue dir ja auch nichts!" Irgendwo aus dem stacheligen Knäuel tönte es zaghaft zurück: „Ich heiße Rolli. Hilfst du mir mal beim Umdrehen?".

Der verdutzte Maulwurf bemerkte erst jetzt, dass er mit dem Hinterteil des Igels gesprochen hatte und musste kichern: „Ja, natürlich helfe ich dir. Aber ich kann dich ja nicht einmal anfassen, wie soll ich dich dann bewegen?"

Rolli atmete tief durch. „Ja, es ist immer das gleiche! Keiner wagt es, mir zu nahe zu kommen, weil sich jeder gleich sticht. Dabei will ich doch niemandem wehtun!"

Moritz überlegte nur kurz und hatte gleich die rettende Idee: „Weißt du was, ich vergrößere einfach den Gang an beiden Seiten, dann kannst du dich drehen!" Und schon schaufelte er Erdklumpen um Erdklumpen beiseite, und innerhalb kurzer Zeit hatte er eine Verbreiterung geschaffen, sodass Rolli sich ihm zuwenden konnte. Jetzt sah Moritz auch, dass Rolli von vorne gar nicht so furchterregend aussah, wie er gedacht hatte.

„Sag, wie kommst du überhaupt in meinen engen Gang?", fragte er Rolli. Dieser erzählte von spazierengehenden Menschen mit Hunden, die plötzlich Jagd auf ihn gemacht hätten, sodass er in Panik flüchtete und ins nächstbeste Loch krabbelte. Durch den Hügel des Maulwurfs passte er auch noch gut, aber als er unterirdisch weiterlaufen wollte, wurden die Gänge immer enger. „Zurückgehen konnte ich schon lange nicht mehr, weil meine Stacheln sofort hängen blieben. Gut, dass du vorbeigekommen bist!", sagte der Igel erleichtert.

Moritz lotste Rolli durch weitere Gänge in seine geräumige Wohnhöhle und lud ihn dort zum Essen ein. Erst in der schützenden Dämmerung verließen beide den Maulwurfsbau. Die Luft war noch ganz lau und es roch nach baldigem Regen. Als der Igel zum nahen Wäldchen lief, winkte ihm der Maulwurf noch lange mit seiner großen Vorderschaufel nach. Hatte er heute durch seine gute Tat einen neuen Freund gefunden?

Der Ausflug

Moritz und Minchen saßen im gemütlichen Maulwurfsbau und beratschlagten, wohin der nächste Ausflug gehen sollte.

„Ich möchte an den See", brummelte Moritz, „heute ist so ein schöner Tag dafür. Wir können aber auch einfach im Bau bleiben und auf die Dämmerung warten. Das ist immer so erholsam!"

Minchen hatte es schon geahnt. Neben stundenlangem Dösen bot nur noch der kleine Teich, den die Menschen aus dem nahegelegenen Bauernhaus angelegt hatten, das tollste Vergnügen für Moritz. „See" nannte er den Tümpel, um den herum es von riesigen unfreundlichen Enten und Gänsen nur so wimmelte. „Ach nein", meinte Minchen. „an nassem Wasser kann ich nichts Tolles finden. Ich will lieber etwas Aufregendes erleben!"

„Was Aufregendes? Hier bei uns in der Gegend?", zweifelte Moritz, aber er willigte ein. „Also ich gehe jetzt an den See, und heute Nachmittag können wir zusammen noch weiter zum Bauernhof gehen und die Menschen belauschen, das ist doch recht lustig und abenteuerlich, nicht?" Minchen musste das wohl oder übel zugeben: „Na gut, dann machen wir das so!"

Nachdem Moritz den Vormittag über im Wasser geplanscht hatte – er war nämlich ein begnadeter Schwimmer – und die Mittagszeit im Schatten eines Busches am Seeufer verschlafen hatte, gingen die beiden Freunde spätnachmittags vorsichtig, jede noch so kleine Deckung ausnutzend, zum Bauernhof.

Auf ihrem Weg sahen sie eine Kaninchenfamilie, die auf einer kleinen Wiese herumhoppelte und Gras zupfte. Sie beobachteten zwei Kaninchenjunge, die sich ein tolles Spiel ausgedacht hatten. Minchen und Moritz trauten ihren Augen kaum, als sie sahen, wie sich ein Junges auf die Hinterpfoten stellte, tief Luft holte und mit dicken Backen eine Pusteblume nach der anderen kahlblies! Dem anderen Kaninchenjungen wurde das Zusehen schnell langweilig. „Ich will auch mal Wind sein", rief es seinem Geschwisterchen ungeduldig zu und hoppelte zu einer anderen Pflanze, um diese genauso kräftig abzupusten, bis nur der leere Stängel übrig blieb.

Minchen war entzückt. „Sieh nur, Molli, die vielen schönen kleinen Fallschirmchen der Pusteblume, wie sie hoch in den Himmel steigen!" Die ganze Kaninchenfamilie war jetzt auf das Treiben der Jungen aufmerksam geworden und machte es ihnen nach. Im Nu war die Wiese von abgepusteten Löwenzahn-Stängeln übersät.

Die beiden Freunde schmunzelten noch immer über das Gesehene, als sie den letzten schützenden Busch vor der weiten Rasenfläche des Bauernhauses erreichten. Dort stieß Moritz die Wühlmaus vor Überraschung so in die Seite, dass diese japste und nach Luft schnappen musste.

„Da, sieh doch nur, da auf dem Gras liegt ein oberirdischer Neubau mit einem kleinen Schlupfloch in der Mitte. Ob der noch frei ist? Das wäre doch was für dich!" Der kurzsichtige Maulwurf war nicht mehr zu halten. Er musste sich das Ding aus der Nähe ansehen, vergaß jede Vorsicht, und krabbelte auf ein ballgroßes, halbrundes, festes Etwas zu, das tatsächlich ein einladendes Loch an einem Ende aufwies. Bevor der neugierige Moritz jedoch den Versuch machen konnte, hineinzukriechen, kam eine runzelige Nase daraus hervor, und zwei Augen blinzelten in die Nachmittagssonne. Schließlich streckte eine vorsichtige Schildkröte ihren ganzen Kopf heraus, bis der faltige Hals sichtbar wurde.

Moritz purzelte vor Schreck rückwärts. Die Schildkröte bemerkte erst jetzt, dass sie bis auf einen Zentimeter an den schwarzen Maulwurf herangekommen war, erschrak ebenfalls und verschwand schleunigst wieder in ihrem Panzer.

Da Minchen bei ihm war, beruhigte sich der Maulwurf schnell, er wollte sich schließlich keine Blöße geben. Moritz stufte das phlegmatische Ding vor ihnen denn auch als harmlos ein, sodass er es sogleich mutig rundum beschnupperte, aber er wusste nicht so recht, was es darstellen sollte.

Minchen jedoch, die schon öfters beim Bauernhaus gewesen war, erkannte jetzt das Tier und erklärte: „Das ist eine Schildkröte, sie gehört den Menschenjungen, die sie wohl hier ins Gras gesetzt haben". Moritz war von Minchens Kenntnissen schwer beeindruckt. „Was du nicht sagst! So was hab ich ja noch nie gesehen!" Er klopfte interessiert auf den Panzer: „Komm doch mal ganz aus deinem Bau raus, damit wir mit dir spielen können!", forderte er die Schildkröte auf.

Diese bewegte langsam wieder den Kopf heraus. „Ich lasse nicht mit mir spielen", sagte sie mit dünner und leicht trauriger Stimme, „die Menschenjungen treiben es schon zu toll mit mir, ich mag kein Spielzeug sein!" Sie weinte fast.

Minchen und Moritz erschraken sehr. „Aber wir wollen dir nichts Böses tun, und die Menschenjungen sind nicht zu sehen", beruhigte die Wühlmaus. „Erzähl uns doch von dir und deinem Leben hier", bat der Maulwurf. Darauf entgegnete die Schildkröte: „Zuerst muss ich mich aber in Sicherheit bringen", und wackelte auf ihren kurzen, krummen Beinen unter dichtes Buschwerk in der Nähe. Die beiden Freunde folgten ihr staunend.

Die Schildkröte begann nun würdevoll zu sprechen: „Darf ich mich euch jetzt erst einmal vorstellen: Mein Name ist Shirley und ich bin erst vor einundsiebzig Jahren aus dem Ei gekrochen." Die Wühlmaus kicherte etwas, doch Moritz war gänzlich platt: „Soo alt bist du, und wie ein Vogel aus dem Ei geschlüpft?" Er konnte es nicht fassen. Shirley war etwas beleidigt, da ihre scheinbar ungebildeten Zuhörer sich über solche Selbstverständlichkeiten lustig machten. „Und du heißt also Schörli – was für ein komischer Name!", staunte Moritz.

Shirley nahm es mit Fassung hin. „Ich komme schließlich aus einem fremden Land, ziemlich weit weg von hier. Da heißt man eben anders. Die Menschenjungen rufen mich allerdings „Törtel", und ich habe mich notgedrungen daran gewöhnen müssen", seufzte die Schildkröte schicksalsergeben. „Ja, Törtel gefällt mir auch besser und scheint mir irgendwie auch gut zu dir zu passen", rief Minchen dazwischen. Und Moritz war mittlerweile so begeistert über die neue Bekanntschaft, dass er tollpatschig wieder den Panzer beklopfte und ohne Hemmungen fragte, ob er einmal darauf reiten dürfe.

Diese Äußerung war jedoch zu viel für Törtel alias Shirley: „Pfft, da sind ja die Menschenjungen netter zu mir. Gestattet, dass ich mich zurückziehe", sagte sie pikiert, zog den Kopf halb in den schützenden Panzer und wackelte zum Haus zurück, wo ein kleines Mädchen schon nach ihr suchte. Minchen zerrte sogleich den etwas dümmlich dreinschauenden Moritz noch tiefer unter die Zweige, wo sie ausharren konnten, bis sie im Schutz der Abenddämmerung durch das Getreidefeld zu seinem Bau zurückhuschten. „Die war aber komisch!", fasste Moritz seine Eindrücke zusammen. Minchen lächelte nur still in sich hinein...

Die Maulwurfsprüfung

Die Freunde hatten sich wochenlang nicht gesehen. Eines Tages nun bemerkte Minchen, dass ihr Freund Moritz zunehmend nervöser wurde und bis in die späte Nacht hinein noch grub und schaufelte. Sie wollte ihm gern irgendwie helfen und fragte ihn nach seinem Befinden. Schließlich rückte der Maulwurf mit der Wahrheit heraus: „Ach, weißt du, ich studiere doch schon länger an der Maulwurfsschule Grabungslehre, und nun habe ich nächste Woche Abschlussprüfung. Ich bin schon sooo nervöös!" Die letzten Worte in zittrigem Tonfall waren fast nicht mehr hörbar.

Minchen war sehr beeindruckt. Von dieser gelehrsamen Seite kannte sie ihren Freund noch gar nicht. „Grabungslehre", wiederholte sie sinnierend, „was ist denn das?" Moritz vergaß ganz plötzlich, weiter zu jammern und blühte stattdessen auf. Stolz, sein Wissen endlich einmal vermitteln zu können, erklärte er: „Die Lehre ist unterteilt in Fächer wie Schaufeltechnik, Statik, Erd- und Wetterkunde.

Und mein Lieblingsfach ist ganz eindeutig Erdkunde".

Die Wühlmaus war jetzt sehr interessiert. Sie wollte Näheres über die einzelnen Fächer hören, doch Moritz bekam wieder seinen gehetzten Blick und wurde zappelig. „Ich muss noch diesen Gang fertiggraben", sagte er im Weggehen. Minchen ließ sich jedoch nicht abschütteln. Sie folgte ihm und gelangte in einen weiten Gang, so ebenmäßig gegraben, wie sie es noch nie vorher gesehen hatte. „Ach, erzähl mir doch mehr!", bat sie. „Wann hast du denn bloß diesen wunderschönen Gang gegraben?"

Moritz berichtete, dass er drei Tage und Nächte ununterbrochen geschaufelt habe. „Darüber hätte ich fast das Essen vergessen, aber sehr viel Appetit habe ich sowieso nicht mehr", sagte er bekümmert zu Minchen. Diese bedachte ihn nur mit einem langen, zweifelnden Blick. Das wäre ja mal ganz was Neues, dachte sie bei sich. Moritz bemerkte jedoch nichts davon. Er freute sich nur über das Lob der Wühlmaus und beschloss, sie doch noch näher in die Geheimnisse des Grabens einzuweihen. „Hast du eine Ahnung, was man so alles beachten muss, bevor man einen Gang graben kann?", fragte er sie.

Ohne jedoch eine Antwort abzuwarten, dozierte er weiter: „Denk bloß nicht, dass man einfach irgendwo drauflos graben kann! Zuerst muss man die geeignete Jahreszeit abwarten, damit das Erdreich locker liegt. Zu trocken darf es aber auch nicht sein. Dann muss man die Erdklumpen beschnuppern, um die Festigkeit zu ermitteln. Das lerne ich in Erdkunde. Die Statik ist wichtig, damit man beim Graben nicht verschüttet wird." Moritz wand sich verlegen. „Das wäre mir auch fast mal passiert", gab er schließlich zu.

Minchen hatte es sich inzwischen gemütlich gemacht, da sie von einem längeren Monolog des Maulwurfs ausging. Heldenhaft unterdrückte sie ein aufsteigendes Gähnen. Ihr Freund jedoch war so in Fahrt geraten, dass er es gar nicht bemerkte.

„Hat man also ein geeignetes Plätzchen zum Graben gefunden, ist der theoretische Teil fast beendet. Nun muss man nur noch mit viel Geschick und der richtigen Atemtechnik das Erdreich abtragen und einen Stollen graben. In der Abschlussprüfung habe ich einen Tag Zeit, um eine Stelle ausfindig zu machen, und dann noch zwei weitere Tage, um den Stollen zu graben. Ich muss zugeben, der praktische Teil liegt mir mehr... Und so übe ich schon wochenlang hier unter dem Blumenbeet der Menschen. Da geht es nämlich am besten. Aber jetzt habe ich wirklich keine Zeit mehr für dich. Du musst schon entschuldigen!"

Moritz war es ernst damit, Minchen sah es ein und lief zu ihrem Bau zurück. Sie beschloss, ihren Freund in dieser für ihn anstrengenden Woche nicht mehr zu stören.

––––––––

Am letzten Tag der Prüfung dachte sie viel an Moritz und lief unruhig in ihrem Bau herum. „Wie mag es ihm ergangen sein? Bald hat er es geschafft", dachte sie noch, als Moritz plötzlich freude-strahlend durch das Eingangsloch herein kugelte und kleine Sprünge machte, so gut das in dem niedrigen Bau eben ging. Minchen brauchte auch gar nichts zu fragen, denn Moritz platzte schon mit der Neuigkeit heraus: „Ich bin ja so froh, ich hab es endlich hinter mir. Richtig gut war ich. Ich konnte den Prüfern mal zei-gen, was ich alles kann! Ab heute darf ich mich auch ‚Diplom-Graber' nennen, und als Anerkennung habe ich diese Medaille bekommen."

Der Maulwurf zeigte Minchen stolz ein großes und schweres Metallstück, hübsch an den Rändern verziert. *Coca Cola* stand darauf. Beide bestaunten das blanke Ding. „Toll", hauchte die Wühl-maus. Dann erst fiel sie dem Freund um den Hals.

Das Großprojekt

Eines Morgens, als Moritz gerade von einem erfrischenden Bad im nahen Teich in seinen Bau zurückgekehrt war, bekam er überraschend Besuch. Vom Einstiegshügel rief eine Stimme nach ihm, immer unterbrochen von heftigem Schniefen. Moritz krabbelte neugierig dem Ausgang entgegen. „Komm doch runter zu mir", forderte er den Besucher auf, doch nichts geschah. So musste Moritz selbst nachsehen gehen.

Vor dem Hügel warteten Rolli und drei dem Maulwurf unbekannte Igel. Rolli begrüßte den Nachbarn herzlich. „Schön, dass du da bist. Du weißt ja, warum ich nicht mehr zu dir heruntersteige...", spielte Rolli auf das gemeinsame Abenteuer an, mit dem ihre Bekanntschaft begonnen hatte.

Die Igel sahen alle sehr mitgenommen und schlecht aus. Sie hatten ganz verweinte Augen. „Was ist denn bloß mit euch passiert?" erkundigte sich Moritz, „kann ich euch irgendwie helfen?"

Rolli stellte die anderen Igel als Stachus, Adalbert und Zwetschge vor, nickte ihnen aufmunternd zu und trug dann ihr gemeinsames Anliegen vor. Seine Begleiter seien alte Bekannte, die sich allerdings schon vor längerer Zeit in dem etwas weiter entfernten Dorf niedergelassen hatten. Die ganze letzte Nacht waren sie schon auf den Beinen gewesen, um ihn heute besuchen zu können, doch unterwegs hatten sie ein schreckliches Erlebnis: Beim notwendigen Überqueren der stinkenden schwarzen Blechmonsterstraße wäre nämlich einer von ihnen beinahe von einem Blechmonster überrannt worden!

„Dabei sind wir ganz erfahrene Sprinter", meinte Stachus, „wir leben schließlich recht städtisch". Adalbert ergänzte: „Und ausgerechnet den armen Zwetschge hätte es diesmal beinahe erwischt. Dabei ist er der kaltblütigste und mutigste aller Igel. Ein richtiger Held!"

Wie Moritz erfuhr, hatte Zwetschge sich nämlich bei Annäherung des donnernden vierbeinigen Menschen-Blechmonsters noch tapfer eingerollt und die Kraft all seiner Stacheln aufgeboten, um die anderen Igel zu schützen und ihnen sichere Deckung bei der Überquerung zu verschaffen. Doch das Blechmonster kam ganz unvermutet aus der anderen Richtung und Zwetschge konnte nur mit knapper Not entkommen. Zum Glück bekam er nur einen seitlichen Puff und konnte sich noch schnell wegkugeln.

Doch das war ja noch nicht alles. „Wir hatten uns gerade etwas von dem Schrecken erholt und waren wieder zu Atem gekommen, als wir gar nicht weit entfernt gleich zwei plattgedrückte Überreste unserer Artgenossen entdeckten", schniefte Zwetschge. „Das war vielleicht ein fürchterlicher Anblick!"

Moritz war erschüttert; diese Schreckensmeldung schlug ihm richtig auf den Magen. „Das tut mir wirklich alles sehr leid für euch", meinte er zu Rolli, „aber wieso kommt ihr damit zu mir?"

Rolli war etwas verlegen, fing sich jedoch gleich wieder. „Weißt du, ich habe schon von so vielen Freunden gehört, dass Verwandte von uns ständig dieser lebensbedrohlichen Situation ausgesetzt sind, dass..." Adalbert fiel ihm ins Wort: „Ja, ja, viele meiner engsten Bekannten sind auf der Straße geblieben!" – „Eben", sprach Rolli weiter, „und ich hatte schon lange eine Idee, die Moritz als anerkannter Diplom-Graber einmal beurteilen sollte. Wir Igel bräuchten einfach einen sicheren Weg über diese Blechmonsterstraße. Als ich einmal in der großen Stadt war, konnte ich sehen, dass die Menschen vor genau demselben Problem standen. Und damit weniger von ihnen überrannt werden, haben sie Übergänge über die Blechmonsterstraßen geschaffen, manchmal auch unter der Erde hindurch!"

Bei diesen Worten dämmerte es Moritz endlich. „Ich soll euch einen Tunnel unter die Blechmonsterstraße graben?" Er war verblüfft und fühlte sich zugleich geschmeichelt, dass Rolli sofort an ihn gedacht hatte. Aber er war ja schließlich wirklich Experte auf diesem Gebiet!

„Tja", meinte Moritz, und kratzte sich nachdenklich am Kopfpelz, während ihn vier Igelaugenpaare bittend anschauten.

„Hmmm, das muss ich mir mal anschauen und genauestens überlegen. So ein Großprojekt habe ich nicht alle Tage zu graben, das ist nicht so einfach, wie ihr euch das vielleicht vorstellt". Die Igel beeilten sich, ihm darin zuzustimmen, denn schließlich waren sie auf ihn angewiesen.

Moritz war im Geiste schon bei der Ausarbeitung der Baupläne. „Also, mit etwa vierzig Maulwurfslängen müsstet ihr eigentlich auskommen, und der Tunnel würde dann ja wohl so vier Maulwurfslängen tief liegen müssen. Hmm, hmm. Das macht mit abgesichertem Ein- und Ausgang und einem normalen Igeldurchmesser vielleicht eine Vorbereitungszeit von drei Tagen und dann etwa ein bis zwei Wochen harte Schaufelarbeit, wenn ich nur kurze Esspausen mache..." Die Igel guckten etwas betreten drein.

Rolli erinnerte sich wieder an sein noch glimpflich verlaufenes Abenteuer und ergänzte: „Und denk daran, dass wir auch mit aufgerichteten Stacheln durchpassen müssen. Am besten lässt du auch seitlich noch so viel Platz, dass wir uns schlimmstenfalls umdrehen könnten!"

„Meinst du nicht, dass ein paar extra weite Notwendebuchten auf der Strecke dafür reichen würden?", überlegte Moritz, „sonst kann der Tunnel schnell einsturzgefährdet sein. Und womöglich wollen ihn dann auch noch die Kaninchen mitbenutzen." Die Igel guckten sich gegenseitig fragend an. Darüber hatten sie noch gar nicht nachgedacht. Man sah doch gleich, dass hier ein Fachmann am Werk war!

„Was denkst du, wann könnte der Tunnel wohl fertig sein?", fragte Stachus vorsichtig. „Wir würden nämlich gerne solange hierbleiben und ihn dann gleich für den Rückweg benutzen."

Moritz wurde es bei so konkreten Nachfragen doch unheimlich. Und drängen ließ er sich überhaupt nicht gerne. „Ja nun, ich muss das alles noch mal genauestens durchrechnen, dann an Ort und Stelle die Qualität des Erdreichs prüfen, Bodenproben entnehmen und..." Weiter kam er nicht, denn die Igel wurden offensichtlich ungeduldig und trippelten schon von einem Fuß auf den anderen. „Äh", meinte Rolli einlenkend, „wir dachten, du könntest mal eben..."

Moritz traute seinen Ohren nicht. „Mal eben?", fragte er ungläubig, „ihr wollt doch einen sicheren und ebenmäßigen Gang, oder?" Seine Stimme wurde zusehends lauter. „Wenn es nur ‚mal eben' sein soll, sucht euch einen anderen, der für euch gräbt! Fragt doch meinetwegen die Wühlmäuse, die graben euch schnell irgendwas, in dem ihr dann entweder steckenbleibt oder verschüttet werdet. Pah!" Er war enttäuscht und gekränkt.

Stachus, Adalbert und Zwetschge drängten Rolli schon eine Weile, endlich zu einem Ende mit dem umständlichen Maulwurf zu kommen. Rolli war es ziemlich unangenehm, sich mit Moritz vor seinen Igelfreunden so zu blamieren und er fühlte sich in seiner Vermittlerrolle gar nicht mehr wohl.

Er verabschiedete sich schnell, ohne auf den etwas beleidigt dastehenden Maulwurf weiter einzugehen. Moritz jedoch hatte Gefallen an einem Großprojekt dieser Art gefunden – theoretisch jedenfalls. Es musste ja nicht für diese ignorante Igelbande sein.

Noch während er in seinen Bau zurückkletterte, ließ ihm der Gedanke keine Ruhe mehr. Er überlegte, wie lang wohl ein Rettungstunnel sein müsste, um die vielen Hamster und Meerschweinchen befreien zu können, die die Menschen in großen Parks einsperrten, um sie sonntags den Menschenjungen zeigen zu können. Er musste das unbedingt mit Minchen besprechen. Die würde vielleicht staunen!

Winterschlaf

Es war schon im Spätherbst, als Moritz und Minchen ganz unerwartet wieder auf Rolli trafen, der anscheinend aber so emsig auf Essenssuche war, dass er die beiden Freunde gar nicht bemerkte. Erst als Moritz ihn von hinten fast berührte und dann direkt ansprach, schreckte der Igel etwas geistesabwesend auf. „Oh, hallo. Ich habe euch gar nicht kommen hören", rief er den beiden zu.

„Du bist aber auch sehr in die Essenssuche vertieft, was? Dabei kann ja sogar unser Molli noch von dir lernen", rief Minchen mit einem Seitenblick auf Moritz, was dieser nur grummelnd hinnahm. „Tja, der Winter steht ja schon vor der Tür, und ich muss zusehen, dass ich jetzt schnell noch genügend esse, damit ich vor meinem Winterschlaf auch ausreichend Fett ansetzen kann", klärte Rolli die Freunde auf. „Ihr beide habt doch bestimmt auch schon fleißig Essensvorräte gesammelt, oder etwa nicht?", wollte Rolli wissen.

„Ich schon", piepste Minchen, „aber ich glaube, Molli nascht heimlich schon von seinen zurückgelegten Vorräten." Rolli lachte, und Moritz zuckte bei der wiederholten Nennung des auf seine Esslust zielenden Spitznamens getroffen zusammen. Er wehrte sich. „Bei mir geht das Sammeln halt nicht so schnell", sagte er zu Minchen. „Na klar", erwiderte diese etwas boshaft, „weil du unterwegs immer schon die Hälfte aufisst!"

Jetzt gingen Moritz diese Anspielungen aber doch zu weit. Er würde es Minchen schon zeigen! „Ich mache dieses Jahr eben auch einen Winterschlaf statt Vorräte zu sammeln", verkündete er den staunenden Freunden. „Dass ihr es nur wisst. Ich muss jetzt auch viel essen und Fettreserven anlegen. Ich fange am besten auch sofort damit an." Mit diesen Worten machte sich Moritz auf den Weg und ließ Minchen und Rolli einfach stehen.

Stunden später traf er Rolli allein wieder. Moritz vergewisserte sich noch, dass Minchen tatsächlich gerade nicht in der Nähe war und fragte ihn dann: „Sag mal,

Rolli, wie geht das eigentlich weiter mit dem Winterschlafen. Wann muss ich mich denn hinlegen, wie lange muss ich schlafen und wie merke ich eigentlich, wann der Winterschlaf vorbei ist?"

Rolli erklärte Moritz, dass er dies auch nicht wüsste, das besorge die Natur schon von ganz allein. Moritz hatte denn auch keine weiteren Bedenken, dem Ganzen nicht gewachsen zu sein. „Lange schlafen kann ich eigentlich ganz gut. Und viel essen erst recht, sieh nur mein Bäuchlein an. Eigentlich ist Winterschlafen eine ganz feine Sache. Schade, dass ich nicht schon früher darauf gekommen bin!", meinte der Maulwurf selbstbewusst und hopste voller Vorfreude herum.

Rolli versprach, Moritz Bescheid zu geben, wenn er selbst sich für den Winterschlaf zurückziehen würde. Moritz war es zufrieden, er streifte munter durch die Gegend und aß einfach alles, was ihm an Nahrung in den Weg kam. Zwei Tage lang ging das auch ganz gut, aber als Minchen ihn am dritten Tag besuchen kam, fand sie einen bedrückten Maulwurf vor, der traurig in seiner Moosecke hockte. Er hatte zwar schon kräftig an Gewicht zugenommen, aber um welchen Preis!

„Ach Minchen", klagte Moritz, „ich hab ja solches Bauchweh. Ich gebe mir die größte Mühe, aber ich kann wirklich überhaupt nichts mehr essen. Wenn ich nur daran denke, wird mir schon ganz schlecht!" Minchen wollte gerade einen belehrenden Kommentar abgeben, als Rolli plötzlich von oben durch den Maulwurfshügel rief, dass es für ihn nun Zeit sei und er sich in den Winterschlaf verabschiede.

Minchen hatte die ganze Geschichte mittlerweile gründlich satt, sie ließ den leidenden Moritz einfach allein. Dieser wollte es auch gleich dem Igel nachmachen und legte sich ebenso zum Winterschlaf hin. „Ich habe mich nicht mal von Minchen für dieses Jahr verabschieden können", dachte er noch, dann war er aber gleich eingeschlafen.

Nach einer kleinen Ewigkeit wachte Moritz wieder auf. Im Bau war es merklich wärmer geworden, und als er zum Ausgang kletterte, bemerkte er, dass Schnee gefallen war, der sich wie eine schützende Decke über den Erdboden breitete. Also war jetzt wohl schon tiefster Winter. Aber seit wann schon und wie lange noch? Moritz ging behäbig zu seiner Vorratsecke und aß ein wenig, dann legte er sich zum Weiterschlafen wieder hin. Doch komischerweise war er putzmunter und konnte einfach nicht wieder einschlafen, so sehr er sich auch bemühte. Er wälzte sich hin und her, befahl sich, jetzt sofort wieder einzuschlafen und zählte schließlich im Geiste Kaninchen, die über eine Wiese hoppelten, was ja eine einschläfernde Wirkung haben sollte. Doch keine Methode half.

Er lag noch ganz unglücklich da, als Minchen plötzlich hereinkam. Sie hatte sich kaum verändert, seit er sie zuletzt gesehen hatte. „Na Molli, geht es dir heute denn schon besser?", fragte sie teilnehmend. Doch Moritz interessierte nur eine Sache: „Wie viel Zeit ist denn schon vergangen? Wie lange habe ich geschlafen? Ist denn nicht bald Frühling? Ich fühle mich nämlich schon ziemlich erfrischt und gestärkt durch meinen langen Winterschlaf", erklärte er.

Minchen war verdutzt: „Wieso, du hast doch erst gestern damit angefangen und gerade mal eine Nacht geschlafen. Es hat übrigens richtig doll geschneit inzwischen!" Moritz sah auf einmal sehr niedergeschlagen aus. „Ach Molli, mach dir nichts daraus", tröstete Minchen den Maulwurf, „nicht jeder muss Winterschlaf halten. Ich glaube auch, es würde dir gar nicht gefallen, die dunkle Jahreszeit komplett zu verschlafen. Denk doch nur an die gemütlichen Stunden in dem Bau, wenn wir unsere Vorräte teilen und uns lange Geschichten erzählen, während draußen über uns schon dichter Schnee liegt. Der Wald ist dann so schön ruhig und friedlich. Das würdest du alles verpassen!"

Sie hatte Moritz schon wieder halb überredet, aber er war doch auch ziemlich enttäuscht. „Aber das Fettansammeln hatte mir so gefallen", murmelte er, streichelte seinen Bauch und verdrehte sehnsüchtig die Augen.

Minchen schüttelte innerlich nur den Kopf und seufzte leicht. Moritz war einfach unverbesserlich. Aber musste man ihn nicht gerade deswegen einfach gern haben?

Frühlingsgefühle

Der Frühling war wieder ins Land gezogen. Hasenfamilien spielten mit ihren Jungen und hüpften übermütig und hakenschlagend auf der Wiese herum. Zwischendurch versteckten sie sich hinter blühenden Osterglocken und Tulpen und hatten viel Spaß miteinander.

Moritz beobachtete das muntere Treiben rund um seinen Bau herum sehr aufmerksam. Seit ein paar Tagen gingen ihm ganz merkwürdige Gedanken durch den Kopf. Er fühlte neuerdings einen unbändigen inneren Drang in sich, seine Eindrücke aufzuschreiben und der Nachwelt zu erhalten. Ja, er fühlte erst jetzt, ganz plötzlich, dass der Sinn seines Lebens nicht nur im Gängegraben und Hügelaufschütten bestand.

In seinem Bau wälzte er sich abends in seiner mit Moos ausgelegten Schlafecke hin und her, aber er konnte einfach keinen Schlaf finden. Immer wieder kam ihm das Spiel der Hasen in den Sinn. Endlich stand er auf, kramte Papier und einen Bleistiftstummel hervor. Beides hatte er einmal im Dorf vor einer Menschenjungen-Schule im Gebüsch gefunden. Nach Stunden langen Grübelns hatte er seine innersten Gefühle über das Tagesgeschehen aufgeschrieben und war sehr erleichtert. Erst am frühen Morgen schlief er glücklich ein.

So kam es, dass Minchen ihn zu ihrer verabredeten Zeit noch tief schlafend vorfand. Sie wunderte sich sehr, dachte an Unwohlsein oder Krankheit, weckte den Maulwurf daher nicht, sondern schlich sich leise hinaus. Nach drei Stunden schaute sie wieder nach ihm. Noch immer lag er in seiner Ecke. Sie hatte volles Mitleid, denn es schien ihm schlecht zu gehen. Er stöhnte fürchterlich. Sicher hatte er Fieber oder Schmerzen.

Doch als die Wühlmaus näher zu ihm trat und sich über ihn beugte, hörte sie gar merkwürdige Dinge. Moritz stammelte unzusammenhängendes Zeug. Minchen verstand immer nur Wortfetzen wie „Hasen", „Grün" und „Frühling" und konnte sich so gar keinen Reim darauf machen. Verängstigt schüttelte sie ihn schließlich an der Schulter und er schrak auf.

„Moritz, Molli, was ist bloß mit dir los!", rief Minchen besorgt, „tut dir was weh?" Moritz erwachte und sah sie lange an, als müsste er sich erst an sie erinnern. Er stieß einen langen, tiefen Seufzer aus. „Aaah, war das ein Traum!" Er reckte sich. Die Wühlmaus war nach diesen Worten schon sehr erleichtert. „Ach, schlecht geträumt hast du nur", meinte sie, „du hast ja komisches Zeug gemurmelt, von grünen Hasen und so".

Moritz war jetzt wieder ganz fit, sprang aus dem Moosbett und beschloss, Minchen noch vor dem Frühstück an seinem Weltschmerz teilhaben zu lassen und ihr auch gleich eine Kostprobe seines mühsam erarbeiteten Erstlingswerks zu liefern. Er klärte sie über seinen unbändigen Drang auf: „Weißt du, mir kribbelt es in der Vorderschaufel. Gedanken kommen einfach so über mich, ich muss sie dann sofort aufschreiben. Danach ist es dann ein herrliches Gefühl, wenn *es* vollbracht ist."

Die Wühlmaus hatte Schwierigkeiten, seinem Wortschwall zu folgen. „Was ist vollbracht? Wovon redest du überhaupt?" Doch Moritz spürte schon wieder dieses Gefühl aufkommen und wurde unruhig. „Nun, ich – ich habe den Sinn meines Lebens entdeckt", sagte er mit wichtiger Miene. Minchen war stark beeindruckt ob dieser inhaltsschweren Worte. „Und, worin besteht dieser Sinn?", hauchte sie atemlos und rückte näher an ihn heran.

Moritz reckte sich zu seiner vollen Maulwurfsgröße auf, machte eine künstlerische Pause und flüsterte: „Im Dichten!"

Die Wühlmaus verstand nicht sofort, guckte nur ungläubig. Schnell sah Moritz ein, dass er zu viel Verständnis bei ihr vorausgesetzt hatte und sprach ruhig und gefasst: „Ich habe mein lyrisches Ich entdeckt. Ich schreibe Gedichte, in die ich mein ganzes Gefühl lege. So wunderbar ist die erwachende Natur, dass ich einfach darüber schreiben muss. Alle Welt soll daran teilhaben!" Er sah sie mit glänzenden Augen an. „Es macht mich einfach glücklich", flüsterte er ergriffen.

Minchen war zu überrascht und fand daher nicht gleich die passenden Worte. „Ach, dann sag mir doch mal ein Gedicht auf", rief sie freudig aus. „Pfft, was du denkst", gab der Maulwurf etwas gekränkt und vorwurfsvoll zurück, beschloss aber nur kurz, dem amusischen Gegenüber sein Werk vorzuenthalten, da er innerlich vor Mitteilungsdrang fast platzte.

So stellte er sich in eine Positur, die er für angemessen zum Vortragen hielt, hob die linke Vorderschaufel seitlich etwas an, beschrieb mit ihr kreisende Bewegungen und holte tief Luft. Mit getragener Stimme deklamierte er:

> „Grüne Wiese
> Hasenkinder
> Frühlingsblau
> Vorbei der Winter"

Minchen wartete geduldig, doch es kam nichts mehr. „Ist das alles?", fragte sie ungläubig, besann sich aber, als sie den irritierten Blick des Maulwurfs sah und lenkte ein. „Äh, ja, ganz nett. Aber ...“ – „Was, *aber*!“, fiel ihr Moritz ins Wort, „hast du den Inhalt etwa nicht verstanden?“

Minchen war es etwas peinlich, näher auf die Frage eingehen zu müssen. „Doch, doch“, versicherte sie schnell, „aber, aber das reimt sich doch gar nicht!“ Jetzt war es doch heraus. „Wo denn?“, fragte der verdutzte Maulwurf, „wo reimt es sich nicht?“ – „Na, am Ende“, entgegnete Minchen, die mittlerweile doch ungeduldig wurde. „Und was soll das überhaupt, das sind doch bloß einzelne Worte. Sag doch lieber noch ein anderes Gedicht auf. Ein richtiges!“

„Wieso, noch eins? Es gibt nur dieses eine – bisher“, ergänzte Moritz etwas beleidigt. Bei so viel zur Schau getragenem Unverstand fand er kaum noch Worte. Er drehte sich schmollend um. Minchen sah ein, dass sie etwas zu leichtfertig mit den Gefühlen des empfindlichen Maulwurfs umgegangen war und verschwand still.

Als sie weg war, dachte Moritz nochmals über ihren Einwand nach. „Einen Reim will sie also. Am Ende. Und mehr Worte, womöglich Sätze!" Der Maulwurf grübelte lange, lief im kleinen Bau immer rundherum an der Wand entlang, weil er dabei am besten nachdenken konnte.

Den ganzen Tag zermarterte er sich das Hirn, wie er seine Eindrücke noch deutlicher im Wort ausdrücken könnte. Er ergänzte hier etwas, reimte dort und überarbeitete das mittlerweile als Rohentwurf abgelegte Erstlingswerk. Zum Nachmittag hin war er endlich ganz zufrieden mit dem neuen Gedicht. Diesmal hatte er sogar an einen passenden Titel gedacht.

Voller Ungeduld wartete er auf die unvermeidliche Rückkehr der Freundin. Und es dauerte auch gar nicht lange, bald schon erschien eine geknickte Wühlmaus. Doch bevor sie sich für ihr Betragen entschuldigen konnte, hatte Moritz ihr schon verziehen. „Man muss halt nachsichtiger mit seinem Publikum sein", sagte er sich im Stillen, „besonders, wenn es nur aus einer einzigen Person besteht."

Freundlich sprach er Minchen an: „Ich habe über deinen Einwand lange nachgedacht und an mir gearbeitet. Nun habe ich aber wirklich ein kleines Meisterwerk geschaffen, eine andere Bezeichnung fällt mir kaum dafür ein. Pass auf!"

Minchen war es angst und bange vor einer erneuten Blamage. Sie nahm sich vor, nichts zu fragen, nicht zu lachen, nicht einmal erstaunt zu sein. Kurz, sie war für das Kommende gut gewappnet. Diesmal verzichtete der Maulwurf auch ganz auf seine theatralische Pose, räusperte sich nur kurz und trug vor: „Frühlingsgefühle – das ist schon mal der Titel. Und nun geht das Gedicht los:

Seh ich auf dem grünen Grase
kleine Hasenkinderlein
dreh dem Winter ich ne Nase,
denn der Frühling zieht herein!"

Die letzte Silbe verebbte in der Stille und Moritz war einen kleinen Moment lang mit sich zufrieden. Jedenfalls solange, bis er in das verkniffene Gesicht der Wühlmaus sah. Voller Hochspannung erwartete er ihr Urteil. Es *musste* ihr diesmal einfach gefallen. Alles reimte sich, es waren mehr Worte drin und dann dieses Gefühl, diese Botschaft, die er in den Reim gelegt hatte!

Minchen war immerhin davon angetan, dass der Maulwurf doch ihre Ratschläge beherzigt hatte. Sie lobte ihn auch entsprechend dafür: „Das war schon viel besser, aber…" – Weiter kam sie nicht, da sich Moritz ärgerlich seinen Kopfpelz raufte und mit den Füßen stampfte. „Schon viel besser, *besser* – was soll das denn heißen? Ich habe einen halben Tag daran gearbeitet, ich *fühle* dieses Gedicht geradezu, sehe die Szene vor mir, ich BIN dieses Gedicht!" Seine Stimme kippte um, Minchen fürchtete sich fast ein bisschen vor ihm. „Und du", fuhr der verzweifelte Maulwurf fort, „du hast einfach keinen Geschmack und keine Ahnung! Ach, geh doch und lass mich allein!"

Als Minchen dieser Aufforderung ohne zu zögern nachkam und Moritz allein war, beruhigte er sich schnell wieder und überlegte hin und her. Den Abend und die Nacht hindurch grübelte und reimte er, verwarf seine Ideen, stellte Sätze um, aber der nächste Morgen brachte nichts als Kopfschmerzen. Er musste unbedingt an die frische Luft gehen.

Beim Spaziergang durch den Menschenpark stöberte Moritz eher lustlos an Abfallkörben, seinen sonstigen Lieblingsfundgruben, herum. Eine weggeworfene Zeitung flatterte im Morgenwind. Als er sie näher betrachtete, fand er sogar Gedichte über den Frühling darin. Das erinnerte ihn umso schmerzlicher an sein Unvermögen. Ja, die Menschen konnten reimen!

Moritz verschlang die Zeilen der gänzlich unbekannten Verfasser. „Man kann nicht jeden Zeitungsmenschen kennen", sagte der Maulwurf zu sich, „aber es ist gar nicht so übel, was die Herren Goethe, Storm und Mörike so schreiben." Nur bei einem Namen stutzte er kurz: „Eichendorff". Er sprach die Silben genüsslich aus: „Ei-chen-dorff". Das klang so schön nach Natur. Moritz war von den gedruckten Menschenwerken so angetan, dass er ganz die Zeit vergaß. Mit viel Mühe lernte er die schönsten Gedichte auswendig. Jedenfalls ein bisschen.

Auf dem Nachhauseweg rezitierte er das Gelernte und war glücklich, endlich seinem Frühlingsgefühl entsprechende Reime kennengelernt zu haben. Im Bau schrieb er die vielen Zeilen sogleich auf, um sie bloß nicht wieder zu vergessen.

Jetzt endlich überfiel ihn auch eine bleierne Schwere, die durchgereimte Nacht forderte ihren Tribut. Er konnte gerade noch in seine Moosecke krabbeln und war auf der Stelle tief eingeschlafen.

Wiederum hörte er nichts von der Wühlmaus, die ihn wenig später besuchen kam. Da sie ein schlechtes Gewissen hatte, war sie fast erleichtert, Moritz schlafend vorzufinden. „Hat er wieder die ganze Nacht gedichtet", dachte sie bei sich und lächelte verständnisvoll. Sie war zu neugierig, als dass sie hätte warten können, bis Moritz ihr persönlich sein neuestes Gedicht vortragen würde. Daher nahm sie einfach das dort liegende vollgeschriebene Papier und las:

„Der Frühling
Frühling lässt sein blaues Band
wieder flattern durch die Lüfte,
süße, wohlbekannte Düfte
streifen ahnungsvoll das Land.
Das ist die Drossel, die da schlägt
der Frühling, der mein Herz bewegt;
Das Leben fließet wie ein Traum –
Mir ist wie Blume, Blatt und Baum.
Vom Eise befreit sind Strom und Bäche
durch des Frühlings holden, belebenden Blick.
Frühling, ja du bist's!
Dich hab ich vernommen!"

Und siehe da, endlich, endlich war die Wühlmaus ganz zufrieden und bewunderte den fleißigen Maulwurf sogar ein wenig...